Création du Monde

dans

la Mythologie Nordique

et

Mythe du Poète : Orphée

Édition revue et augmentée

ADSO

Présentation en vers de deux mythes :
de la Création du Monde
dans
la Mythologie Nordique
et
du Mythe du Poète : Orphée
selon les Grecs.
Édition revue et augmentée

Préface

Un mythe est une construction mentale issue de l'imagination qui cherche a présenter des êtres, du temps et simultanément.

Le mythe voudrait donner une réponse au dualisme cartésien entre l'âme et le corps, et d'une communauté à la recherche de sa cohésion.

Les réponses sont peut-être la création du monde et la création de l'être humain.

Ce ne sont pas de simples récits poétiques, les mythes utilisent des archétypes, des modèles primitifs, et structurent les pensées, les fantasmes, les rêves contenus dans l'inconscient collectif de l'Humanité.

Les mythes sont essentiels, ils répondent à des questions plus ou moins hiérarchisées selon les besoins humains.

Les mythes sont intemporels, un temps hors de l'histoire, un temps du rêve.

"Il serait difficile de trouver une définition du mythe qui soit acceptée par tous les savants et soit en même temps accessible aux non-spécialistes. D'ailleurs est-il même possible de trouver une seule définition susceptible de couvrir tous les types et toutes les fonctions du mythe, dans toutes les sociétés archaïques et traditionnelles ? Le mythe est une réalité culturelle extrêmement complexe, qui peut être abordée et interprétée dans les perspectives multiples et complémentaires."[1]

---

[1] Mircéa Éliade, Aspects du Mythe, Gallimard, 1963, p.16.

© 2018 ADSO

Edition : Bod- *Books on demand*
12/14 rond-point des Champs Elysées
75008 Paris
Imprimé par – Books on Demand, Nordestedt
ISBN : 9782322076857
Dépôt légal : november 2018

Les Protagonistes de la Naissance des Dieux

Le Ginungagap : Le néant infini.

Niflheim : Le monde du nord, le monde des brumes et du froid.

Muspelheim : Le monde du Sud, le monde de la lumière et des flammes.

Elivagar : Douze cours d'eau.

Ymir : Le géant.

Hrimthurse ou Aurgelmir : Les anciens.

Thrudgelmir : Fils du géant Ymir.

Bergelmir : Petit-fils du géant Ymir.

Audumbla : La bonne nourrice ruminante du géant Ymir.

Buri : Premier dieu.

Bor : Fils de Buri.

Bolthorn : Géant.

Bestla : Fille du géant Bolthorn.

Odin, Vili et Vé : Fils du dieu et de la géante. Odin, héritier des dieux et des géants. Il va fonder la troisième race, celle des géants.

La Terre : Née du cadavre du géant Ymir.

Le sol : Né de la chair du cadavre d'Ymir.

L'océan : Né du sang du cadavre d'Ymir.

Les montagnes : Nées des os du cadavre d'Ymir.

Les forêts : Nées des cheveux du cadavre d'Ymir.

Les cailloux : Nés des dents du cadavre d'Ymir.

La voûte du ciel : formée par le crâne du géant Ymir.

Austri : Nain qui va supporter la voûte céleste à l'est.

Nordri : Nain qui va supporter la voûte céleste au nord.
Vestri : Nain qui va supporter la voûte céleste à l'Ouest.
Sudri : Nain qui va supporter la voûte céleste au Sud.
La citadelle qui doit s'élever contre le retour des géants : Les sourcils d'Ymir.
Midgard : L'enclos du milieu.
Les nuages gris et blancs : Formés par les débris de cervelle d'Ymir.
Narfi : Géant.
Nott : Fille du géant Narfi, la nuit.
Dag : le jour fils de Nott et du dieu Delling.
Crinière de givre : Char confié à Nott par Odin.
Crinière de lumière : Char confié à Dag par Odin.
Mundilfari : Un homme.
Mani : Fils de Mundilfari, la lune.
Sol : Fille de Mundilfari, le soleil.
Svalinn : Le bouclier qui protège des irradiations brûlantes du soleil.
Skol et Hati : Deux loups gigantesques, fils d'une sorcière.
Svasud : Père de l'été.
Vindsval : Père de l'hiver.
Hraesvelg : Le vent. L'avaleur de cadavres.
A Muspelheim : Dans l'absolu de la lumière et de la chaleur, règne le géant Surt.

A Niflheim : Parmi la brume, se terre le dragon Nidhug.
A Helheim : Les ténèbres hostiles. C'est là que se rassemblent les morts qui n'ont pas eu la chance de mourir au combat.
A Jotunheim : Vivent les géants.
A Asaheim : Se réunissent les Ases.
Les Ases : Dieux de la souveraineté et de la force.
A Vanaheim : Se retrouvent les Vanes.
Les Vanes : Dieux de la fertilité et de la richesse.
A Alfaheim : Volent les Alfes.
Les Alfes : Génies aériens et lumineux que la tradition française nomme les elfes.
A Svartalfaheim : Vivent les Alfes noirs.
Les Alfes noirs : Nains ou trolls. A l'origine, ils sont les vers qui dévorent l'immense cadavre d'Ymir.
A Mannaheim : Règnent, bataillent et peinent les hommes qui descendent tous d'Ask et d'Embla.
Hoenir et Lodur : Deux frères d'Odin.
Ask : L'homme (issu du frêne).
Embla : La femme (issue de l'Orme).
Utgard : L'enclos du dehors.
Asgard : Lieu où règnent les dieux.
Les nains : Sont les enfants du monde souterrain, les fils de la nuit et des ténèbres. Les hommes les nomment trolls.
Thor : Dieu du tonnerre.

Les Nixes : Jaillis des sources, des rivières, des étangs et des cascades, ils ont le pouvoir d'accorder l'immortalité aux vivants et même de ressusciter les morts.

Les Necks et les Grims : Génies de l'onde et de la musique.

Les Havfrues : Les sirènes.

Ygdrasil (un if) : Arbre sacré et véritable axe du monde nordique apparaît comme le symbole même de la vie.

Jotunheim : Racine de l'Ygdrasil, la plus noueuse.

Nidhug : Le gigantesque géant, l'amer-rongeur.

Mimir : La fontaine et la corne Sjallar.

La corne Sjallar : Procure intelligence et sagesse.

Le pont Bifrost : Arc-en-ciel où la lumière primitive joue avec le soleil et la pluie.

Les trois Nornes : Fixent sans recours, la durée de la vie de tous les hommes.

La norne URD : Le passé.

La norne VERVANDI : Le présent.

La norne SKULD : Le futur.

Urdar : La fontaine qui permet de fonder l'Auri qui permet d'obtenir une boue sacrée qui protège l'écorce d'Ygdrasil.

Vedfolnir : Le faucon.

Ratatosk : L'écureuil.

La Naissance des Dieux, dans la Mythologie Nordique.

Ginungagap, tel le néant infini : tu régnais.
Avec le chaud et le froid, tout a commencé.
Au Nord : le monde des brumes et du froid : Niflheim,
Au Sud : monde de la lumière et du feu : Uspelheim.

Sept mondes vont surgir du néant
A Niflheim, apparaît une source d'un froid effrayant.
Qui donne naissance à douze cours d'eau : Elivagar,
Charrient dans leurs remous, un poison violent, rare.

Ces rivières se paralysent et prennent une autre place,
L'eau devient glace,
La glace devient vapeur,
Les frimas succèdent à la vapeur.

Le monde du feu à son tour se met en mouvement,
Et d'autres torrents coulent vers le néant.
La lumière apparaît soudaine d'une grande clarté,
La chaleur transforme le paysage en brasier.

Au cœur du néant, s'entremêlent le chaud et le froid :
Glace en fusion, soit
Feu soudain glacé.
Ces gouttes appartiennent aux deux mondes opposés.
Dans ce néant, jaillit ainsi une sorte de pluie
Douce et tiède, comme une belle saison.
Elle n'a que pour ami
Frère et compagnon,
L'union des deux mondes opposés.
Mais elle ne peut éviter
La naissance du géant Ymir,
Il est affreux, méchant, stupide.

Il est né pour être cupide, d'Amour il est aride.
Nommés par les Anciens Hrimthurse, ou Aurgelmir.

Avec lui, va naître la race des géants, telle une épopée,
Que l'écrivain Tolkien aurait pu jalouser.
D'argile molle est pétri Ymir,
Son fils, d'argile malaxée : Thrudgelmir,
Son petit-fils, d'argile durcie : Bergelmir.

Apparaît une vache Audumbla, nourricière du géant
Ymir est nourri de quatre flots de lait courants.
A son tour Audumbla veut manger :
Alors elle commence à lécher d'énormes grêlons salés :
Le 1er jour : la vache met au jour une chevelure d'homme,
Le 2ème jour : apparaît la tête d'un homme,
Le 3ème jour : l'inconnu surgit tout entier.
Il est grand, beau et fort,
Mais ce n'est pas un homme : c'est un Dieu, se nomme Buri
Il apportera de la vie
Il va donner naissance à un fils qu'il appelle Bor.
Bor va épouser Bestla,
Union féconde dans la joie :
Trois fils naissent du dieu et de la géante :
Une progéniture, dure et intransigeante.
Vili, Vé et principalement Odin,
Héritier des Dieux et des Géants : Odin,
Dans son sang la glace et le feu des mondes originels,
La sagesse des Dieux immortels,

Il va fonder la troisième race : celle des hommes.
Ymir sera tué par Odin et ses frères, non par un homme.
Seul son petit-fils Bergelmir
Avec toute sa famille va réussir à s'enfuir.
Va naître une nouvelle race de géant,

Dont vengeance sera le cri strident.
Ymir voit fuir sa vie par d'immenses blessures,
Cruauté, violence : un monde dur.
Il ruisselle, devient rivière puis océan
Il va créer le monde ce cadavre de géant :
De ce cadavre va naître la Terre,
Le sol est formé de sa chair,
L'océan
De son sang,
Les montagnes de ses os,
Non point s'en faut.
Les forêts de ses cheveux dans le vent,
Les cailloux de ses dents.

La voûte du ciel par le crâne du géant :
Quatre nains vont la supporter jusqu'à la fin des temps :
Austri à l'est,
Vestri à l'ouest,
Le Nord par Nordi,
Le Sud par Sudri.
Ils guideront les humains pendant le pèlerinage de la vie.
Une citadelle doit s'élever contre le retour des géants,
Ce seront alors les sourcils d'Ymir le grand.
Les débris de cervelle,
Seront formés des nuages dans le ciel.
Au centre des fortifications : Midgard l'enclos-du-milieu.
De Muspelheim jaillissent sans cesse des étincelles,
Elles vont se transformer en étoiles, belles.
Les Dieux les lancent dans Ginungagap le milieu,
Pour éclairer le ciel et la terre.
Pour que le monde soit plus clair.
Depuis ce temps-là, on distingue les journées
Des nuitées.

Le grand rythme commence :

A la rencontre de la glace et du feu : une transe
Correspond la succession,
De l'obscurité et de la clarté
De la nuit et des journées :
Du temps, des saisons.
Un géant du nom de Narfi
Est le père d'une fille qu'il nomme Nott : la nuit.
Nott et le Dieu Delling convole dans l'amour
Et leur fils sera nommé Dag, le jour.
Autant sa mère Nott est sombre, triste, ténébreuse
Autant Dag est clair resplendissant, d'humeur joyeuse.

Odin confie à Nott « Crinière de givre », un premier char
Odin offre aussi à Dag « Crinière de lumière », un deuxième char.
Il envoie les deux chars au le ciel pour un tour quotidien
Nott et Dag se succèdent :
La nuit s'enchaîne au jour et le jour puis la nuit revient.
La lune puis le soleil à leur tour se succèdent
Un homme Mundilfari
Procrée un fils du nom de Mani.
C'est la lune
Puis c'est une…
Fille qu'il appelle (soleil) Sol.

Les Dieux de jalousie folle
Enchaînent Sol et Mani dans le ciel, tirant leur char :
Pour les rapprocher du désespoir.
Sol tire le char du soleil
Elle doit placer Svalinn le bouclier
Car immenses sont les flammes du soleil
Devant elle, pour se protéger.

Mani qui tire le char de la lune,
Offre à son tour des lois une ;
Il doit en constituer les décans
Ils seront poursuivis par deux enfants …
Le char de Mani et le char de Sol doivent se hâter

Ils sont poursuivis par deux loups fils d'une sorcière
Qui courent sur leurs traces et cherchent à les dévorer.
Skol et Hati ne sont sensibles à aucunes prières.

Les Dieux établissent le partage entre l'hiver et l'été.
Le père de l'été, Svasud est suave comme le miel,
Le père de l'hiver, Vindsval exhale une haleine de fiel.

Voici désormais fixée la loi immuable :
Et une nouvelle foi, tout recommence sur le sable.
Les rivages vont vivre au flux et reflux des marées,
Les champs vont connaître les moissons et les semées.
Pousse l'herbe qui donne aux troupeaux aliments.

Celui qui règne en maître sur Midgard c'est le vent,
Là où souffrent, rient et peinent les hommes.
Livrés à leur sort en somme,
Le vent creuse la mer en redoutables gouffres,
Et tous en souffre,
Et la tourmente déclenche.
Arrache la neige des sommets et l'emporte en avalanches
Hurle sur les plaines tourmentées
Fracasse les navires contre les rochers.

Le vent vient de l'extrémité nord du ciel se tient un géant :
Comme tous les autres effrayants.
Hraesvelg « l'avaleur de cadavres », il possède des ailes
Il les éteint, les referme, la famille se serre autour du foyer
Le vent apporte la peur à la terre si belle.
Et n'empêche guère, un destin cruel.
Ce géant cause la mort sang pour sang.

De la connaissance des neuf mondes découle
La conception nordique de l'univers,
Dans laquelle peu valent les prières
Ce sont des lieux de naissance où tout s'écoule, roule
Autour du feu et de la Glace,

Il reste à autre peu de place
Autour de laideur et de la beauté :
C'est une véritable épopée.

Il existe neuf mondes,
Ce sont des êtres très différents qui habitent ces domaines,
La vie des hommes se partage entre ces neufs mondes
Un grand domaine ne cesse d'animer ces terres lointaines :
A Muspelheim, le géant Surt fait règner chaleur et lumière,
A Muspelheim, le dragon Nidhug fait régner brume, prière
A Helheim, les ténèbres hostiles se rassemblent les morts,
Qui n'ont eu le privilège de tomber au combat, quel sort !

A Asaheim, se retrouvent les Vanes, dieux de la fertilité,
En effet, il n'y a pas que de l'austérité.
A Alfaheim volent les alfes, génies aériens à la belle aura
A Svartalfaheim, vivent les Alfes noirs : nains rusés.

A Mannaheim, règnent les humains issus d'Ask et d'Embla.
L'aventure des hommes, commencent aux bords de la mer,
Odin se promènent sur le rivage avec deux de ses frères,
Odin, Hoenir et Lodur se trouve face à deux arbres
Ils décident de les façonner en êtres non de marbre,
Un premier couple humain, démiurge, magicien :
Le frêne, l'homme reçoit le nom d'Ask,
L'Orme, la femme reçoit le nom d'Embla,
Au bruit des flots, dans le parfum suave frais du thym.
Odur leur donne l'ouïe, la vue et le teint clair
Ils deviennent des humains, par mystère.
Qui fait avec les géants, la première différence
Hoenir insuffle le mouvement et l'intelligence,
Odin leur confère l'émotion :
Ask et Embla peuvent ressentir et faire preuve d'émotion.

Ils quittent aussitôt les trois dieux, la main dans la main,
Ils marchent dans l'écume des vagues,
Ensemble, ils avancent vers leur destin.

Acte de création, non un acte où les géants divaguent.
D'Ask et d'Embla, vont naître la race des humains,
Dans un domaine, menacé par des géants et des nains.

Pour tous, la vie pour toujours est un perpétuel combat.
Bergelmir, enfui s'est fait marin,
Et la race des géants à son tour, il enfanta.
Ils habitent Utgard et l'Enclos-du-dehors entre autres
Et rêvent d'envahir Midgard domaine des Hommes,
Domaine de la vie, mais pas que des hommes.
C'est un partage de territoire de deux camps autres,
Ils ont le rêve aussi d'envahir Asgard où règnent les dieux.
Ils sont ambitieux, vaniteux.

Les hommes, comme les dieux veillent à leurs frontières
Les géants sont vigoureux, sans prières,
Alors les géants sont confinés dans les forêts,
Ils vivent au creux bleutés des glaciers.
Ils vivent aussi dans les déserts arides,
Les géants sont des êtres mauvais et stupides.
Ils sont cruels quand ils souffrent de la soif et de la faim,
Et n'ont crainte à la vie, de mettre fin.
Et dévorent leurs proies alors même qu'elles sont en vie.
En sont de véritables ennemis.
Le drame se produit au fond des cavernes obscures,
Et de nombreux hommes sont morts sous leurs morsures.
Les plus redoutables sont facilement domptés par la ruse.
Mais là, il n'y a pas la bienveillance des muses.

Les alfes blancs, ou lutins de lumière sont très mystérieux,
Certains considèrent les alfes comme des dieux
Comparables aux Vanes de la richesse et de la fertilité,
Et aux Ases, dieux de la force et de la souveraineté.
Invisibles, impalpables, silencieux, insolites,
Ils restent entourés d'une aura énigmatique.
On sait d'eux qu'ils n'ont pas de noms, d'histoires,
Ils ne se mêlent des hommes, des géants, des nains,

Des batailles et des espérances qui leur semblent dérisoires
Evoquent l'inconnaissable et les mystères des matins.
A Svartalfaheim, mieux connus sont les nains,
A l'origine, ils sont la vermine du cadavre du géant :
Il leur a donné vie dans le présent,
Les nains issus de cette vie se nourrissent de sa fin.
Les dieux vont leur accorder forme humaine et sagesse,
Ils vivent dans les grottes et sous les rochers, là qu'est- ce ?
Trésors enfouis qu'ils dissimulent hors de tous les regards.
Les nains manipulent le feu ainsi qu'un certain art ;
Sont aussi des magiciens puissants, travailleurs et gais
Dans l'obscurité, ils s'activent à toutes festivités.

Il existe des nains appelés trolls : ce sont des nains,
Ils vivent dans les forêts et sortent de leurs souterrains.
Parfois les hommes parviennent à les apercevoir,
C'est dans un moment de clair-obscur, de semi-noir…
Les carillons les chassent de leurs refuges,
Ils ont coutume de n'avoir aucun juge.
Certains trolls sont devenus voleurs,
Ils s'introduisent au sein des demeures,
Pour dérober les provisions
Mais surtout les nourrissons …

Leur petite république a fini par se donner un roi,
Ce roi déteste le tumulte et la lumière,
Il a la taille d'un petit-doigt,
Et le visage d'une vieille chaumière.
Les nains craignent les Géants,
Révèrent les Dieux puissants
Et méprisent les Hommes bons et grands,
Ils craignent plus que tout l'éclat du soleil levant.

D'innombrables génies hantent les sources et les forêts,
La Nature participe à la Vie, dans un élan d'éternité.
Il y a les nixes jaillis des sources et des cascades
Pour les honorer, les hommes tressent des cavalcades

De fleurs, et allument des lanternes sur le bord des flots.
Les nixes honorés sont bons pour ces matelots …
Ils accordent l'immortalité aux vivants
Sauvegardent les mourants,
Et ressuscitent les morts.
ILs ont grands pouvoirs sur l'humain et son sort.

Comme les nains, il leur arrive de s'emparer des enfants
Et de les entraîner dans leur palais sous-marins,
Dont personne ne s'est montré revenant.

C'est un rapt dont les parents souffrent le matin,
Quand ils ne trouvent plus au berceau, leur chérubin !

Pour capturer les jeunes filles, le Nixe se fait printanier,
Ils sont d'infatigables danseurs et chanteurs inspirés.
Certains musiciens le soir au bord de l'eau ont réussi :
A rencontrer un nixe, par sa douce mélodie,
Et à lui arracher son secret : le secret de sa mélopée.
Sacrée victoire, en vérité.

Par la musique, les nixes séduisent leurs victimes,
Par la musique, ils sont captés à leur tour,
Crime dans l'amour,
Amour dans le crime.

Au premier accord,
Le nixe apparaît à la surface de l'eau en riant,
Au second accord,
Il apparaît en pleurant,
Au troisième accord,
Il peut laisser échapper sa proie en y garde ne faisant :
La jeune fille tend hors de l'eau sa main
Pour échapper à sa geôle qui la détient.
Seuls comptent le talent du joueur,
Et la sincérité de son cœur.

Il existe d'autres génies des eaux :
Les Havfrues ou sirènes aux corps si beaux.
Au plus clair de l'été, quand une légère brume tremble,
Sur l'horizon, délicates et douces elles semblent,
Elles sont assises à la surface des eaux,
Elles ne prononcent pas mots.
Elles lissent leur longue chevelure avec un peigne en or
C'est une beauté dont les hommes ignorent tout encore.

Lorsque les pêcheurs allument des feux sur le rivage,
Elles se retrouvent pour s'y réchauffer le long du sillage.
Elles cherchent à entraîner les hommes qu'elles ont séduits
Dans leurs repaires aux apparats de douceurs infinies.
L'homme pour sa survie doit résister
Et de cette magie, refuser.
Tous ces êtres secrets, réfugiés
Dans les cascades et les grottes, les fontaines et les vagues ;
Donneront un jour naissance aux fées.
Et les vagues deviennent d'autres vagues ...

Il existe un arbre : un if, nommé Ygdrasil, arbre sacré,
Qui apparaît comme le symbole même de la vie.
Ses bras frémissent dans les cieux élevés.
Ses racines croissent à travers les mondes enfouis.
Celle qui va vers le séjour des dieux s'étend vers Asaheim,
La plus noueuse vers le séjour des géants : Jotunheim.
La plus puissante subit les morsures d'un terrible dragon,
L'amer-rongeur, mais la sève vivante résiste au poison.
Et l'arbre Ygdrasil se révèle être le véritable axe celte,
Il communique avec force et grâce sveltes.
La fontaine Mimir, à l'aide de la corne Sjallar
De l'intelligence et la sagesse, le pouvoir.
Il existe une autre fontaine, la fontaine Udar,
Autour d'elle les maîtres d'Asaheim se réunissent le soir.
Pour cela, ils franchissent le pont Bifrost : arc-en-ciel
Où le soleil et la pluie jouent dans la lumière originelle.

Autour de la fontaine d'Urdar vivent les Nornes, le temps.
Elles fixent sans recours, la longévité du temps humain :
Urd, le passé déjà lointain,
Vervandi, le présent toujours constant
Et Skuld le futur.
Autour de ces trois filles, rien ne dure.
Les trois Nornes prennent soin d'Ygdrasil
Elles fabriquent à partir de l'eau d'Urdar, une argile,
Une boue épaisse qu'elles nomment Auri
Ainsi les trois Nornes frottent l'écorce de vie.
Grâce à ce procédé Ygdrasil reste toujours vivace
Et peut protéger les neuf mondes de toutes menaces.

Sur la fontaine, nagent deux cygnes, signe de belle saison.
Sur l'une des branches de l'arbre siège Vedfolnir, le faucon.
Un aigle, autre oiseau de proie veille sur l'ordre naturel des choses,
L'écureuil Ratatosk, cherche constamment à brouiller les pistes
Aux douces fleurs de la vie, Ratatosk ne veut que l'épine des roses
Il cherche à provoquer un combat entre les deux protagonistes :
Excités par Ratatosk, s'affrontent les ténèbres et la lumière.
Le sang qui coulera de leurs blessures, sera tout aussi vital,
Ainsi s'opposent la force et la ruse, le bien et le mal :
Ne peut-on espérer la victoire de la lumière ?
Ordre ultime à l'équilibre de ce nouveau monde.

Mythe grec : Orphée et d'Eurydice.

Connaissez-vous Orphée ?

Héros, demi-dieu des bords de la mer Egée.
Fils d'un roi et de la muse de la poésie Calliope,
Grâce à elle, Orphée a l'inspiration qui galope …
Il était poète, musicien … prophète, mage, sorcier ?

Apollon le combla de dons et de la lyre,
Ainsi par sa mère, muse il savait le « dire »
Et par Apollon il savait le chant et le son
Il savait charmer et à l'inanimé donner vibrations.

Il voyageait tant sur les océans
Que sur les mots et les chants.
Le courage des marins était scandé
Par sa voix de Dieu humanisé.

Sa femme Eurydice
Connut la mort et ses prémisses,
Mordue au pied par un serpent maléfique ;
Et de cette mort, naîtra le mythe initiatique.

Ce furent les Enfers qui devinrent son royaume
Tandis qu'Orphée, restait là parmi les hommes.
L'amour et la fureur de cette mort
Enflammèrent son âme et son corps ;

Il traversa le fleuve et descendit aux Enfers
Pour y retrouver Eurydice prisonnière.

Il dut d'abord enchanter Cerbère
Dont aucune des trois têtes ne sut résister
Aux sons de la lyre enchantée.

Puis il lui fallut affronter les Erinyes, terribles.
Certes cette descente aux Enfers était forte horrible
Et grâce aux dons d'Apollon et à ceux hérités de sa mère
Il parvint enfin à approcher Hadès le Dieu des Enfers.

Et ce n'est non sans mal, et avec grande virtuosité
Qu'il usa de sa voix et de sa lyre enchantée,
Ainsi le terrible, le redoutable Hadès fléchit
Permettant à Eurydice de retourner dans le monde de la vie,
Et de l'amour avec Orphée,
En acceptant l'épreuve de ne pas se retourner :
Hadès laisse partir Orphée suivi d'Eurydice,
Du monde des Enfers, remerciant la mère matrice.

Vers le monde des vivants tous deux ils allèrent,
Orphée devant, Eurydice derrière
Ne devant ni se parler,
Ne devant ni se regarder
Jusqu'à l'autre rive atteinte :
La rive qui rendrait la vie à la défunte,
Et la joie aux deux époux.
Le destin semblait alors bien doux,
C'est alors qu'un silence inquiétant
Enveloppa Orphée d'un trouble angoissant :
Il n'entendait plus le son des pas de sa femme,
Dont il avait sauvait la vie et l'âme.

Ainsi sur le point de sortir des Enfers
Orphée se retourna et regarda en arrière
Voulant se rassurer de la présence d'Eurydice.

Mais les vallées de l'Averne effacèrent l'être aimée
La faveur d'Hadès devint vaine à la vie d'Eurydice,
Et c'est ainsi que l'amour espéré et non réalisé,

Devint la tragédie et le drame d'Orphée.

Eurydice perdue,
Eurydice retrouvée, à la grâce des dieux,
Ephémère moment heureux.
Eurydice à nouveau, définitivement perdue.

Ainsi s'achève
D'Orphée le rêve.
Et la vie n'avait comme horizon
Non plus l'espoir d'un amour et d'une passion,
Mais le chemin tragique, dans les pleurs
Vers une mort jalonnée par le malheur.

Une mort qui survint selon deux versions :
Zeus l'aurait puni d'avoir fait l'initiation
Aux hommes des mystères divins secrets
Et la foudre de Zeus l'emmena de l'autre côté,
Non, l'Olympe ne veut pas d'homme prophète
Et les révélations des dieux restent secrètes.

Et les Bacchantes ne veulent pas non plus d'un homme
Qui aimant fidèlement une autre femme perdrait un homme
Et les plaisirs qu'elles pourraient lui donner
En effet nul plaisir, nulle joie ne l'envoûteraient.
C'est la mort et non la luxure qui fut ses jours derniers.

Pleines de fureur les Bacchantes le déchiquetèrent
Ennemies de tout amour unique et sincère.
Mais cette mort reste magnifiquement belle,
Car la Poésie lui resta éternelle,

Puisque la tête du poète jetée dans le fleuve Eros
S'en alla doucement en terre de Poésie à Lesbos.

Les muses, au plus profond chagrin
Recueillirent ses membres, et le tombeau devint Olympien.

Ainsi, parfois au pied du mont Olympe, s'élèvent
Des brumes, des mots et des rêves.
Suivant les rimes, les sons, de la lyre, les arpèges
Des chants du poète.

Table des matières

Les Protagonistes de la Naissance des Dieux 7
La Naissance des Dieux, dans la Mythologie Nordique. 13
Mythe grec : Orphée et d'Eurydice. 25